OBSERVATIONS

Pour la Dame veuve CALAS & sa famille.

LA longueur inévitable de l'inſtruction de l'affaire des Calas, a cauſé differens mouve-
mens dans le Public. Beaucoup de Citoyens,
toujours également frappés du déſaſtre de cette
famille, en ont été alarmés. On les a entendus
ſe demander les uns aux autres ſi l'outrage fait
à la nature en la perſonne de Jean Calas ne ſera
donc point réparé ; ſi le Conſeil laiſſera ſubſiſter
un Arrêt qui laiſſe à découvert ce que les hommes ont de plus précieux, la vie & l'honneur.
Inſtruits que dès le 7 Mars 1763, Sa Majeſté a
ordonné l'apport des charges & informations, ils
ſont ſurpris d'un retardement dont ils ignorent
la cauſe ; ils accuſent les formalités preſcrites
par les loix, qui ſement tant de difficultés dans
le chemin qui conduit l'innocence à ſa juſtifica-
tion.

Mais d'autres plus faciles à prévenir, ont été
tentés de prêter l'oreille à certains propos répan-
dus à l'occaſion de ce retardement. Car au milieu
de cette incertitude de Jugement, ſuite naturelle
de toutes les longues affaires, la malignité ſaiſit
les moindres apparences pour étouffer le cri de
l'innocence & lui porter les derniers coups. Com-

A

bien de bruits jettés comme fans deffein, font deftinés à refroidir l'intérêt public, à déguifer le fanatifme qui fut le premier artifan de cet affreux procès, à accréditer les menfonges dont il s'eft fervi pour l'étayer, à faire perdre de vue, s'il étoit poffible, les circonftances frappantes & victorieufes qui attefteront à jamais l'impoffibilité du crime imputé au malheureux Calas? De pareils artifices pourroient-ils en impofer?

Non, ce n'eft point fur des propos auffi méprifables que le fort des Calas fera décidé. Les pieces du procès, dont ils ont fi long-tems follicité l'envoi, font enfin fous les yeux de Magiftrats éclairés, integres, & ces pieces feront examinées avec toute l'attention qu'exige une caufe auffi importante à l'humanité. Malgré les rufes de la calomnie, les yeux perçans de la Juftice pénétreront fans peine dans l'immenfe procédure apportée au Confeil, & ils fçauront y démêler le genre d'irrégularités qui doivent opérer la caffation des Arrêts, parce qu'elles font une preuve légale que les Juges ont été induits en erreur.

Quelle eft en effet la raifon effentielle qui donne lieu à la caffation des Arrêts, lorfqu'il s'y trouve des contraventions aux Ordonnances? Elle eft fimple & naturelle. Les formalités prefcrites pour l'inftruction des procès, & fur-tout des procès criminels, font les routes indiquées par la loi pour découvrir la vérité, pour garantir les Juges de toute furprife, pour empêcher qu'ils ne puiffent confondre la vérité avec de fimples apparences, & prendre des foupçons pour une pleine conviction. Si donc les Juges s'écartent de ces routes tracées avec tant d'atten-

tion & de fageffe par le Légiflateur, la préfomp-
tion eft de droit qu'ils ne font pas parvenus à la
connoiffance de la vérité ; par conféquent leur
Jugement doit être déclaré nul.

Si ce principe eft vrai, comme on n'en peut
douter, même dans les affaires civiles, à plus
forte raifon doit-on s'y attacher fcrupuleu-
fement dans les procès criminels, où l'honneur
& la vie des Citoyens font en compromis. Car
fuivant un Auteur moderne *, *la Juftice ne fçau-
roit trop approfondir les faits, parce que ce feroit un
trouble plus violent porté à l'ordre public, de facri-
fier un innocent, que de laiffer un crime impuni.*
Un Jugement injufte en matiere criminelle eft
donc un attentat à l'ordre public dans la partie
qui intéreffe le plus effentiellement les hommes ;
& cet attentat devient plus grave, à proportion
de l'éclat & de la févérité de la peine infligée à
l'innocent.

Mais fi toute procédure criminelle exige ab-
folument que les Juges fuivent, pour ainfi dire,
pas à pas, les regles indiquées par les Loix pour
l'inftruction des procès, jamais cette exactitude
fut-elle plus néceffaire que dans l'affaire des malheureux Calas ? Laiffons à part pour un moment
l'injuftice & l'irrégularité de l'accufation. Si les
Juges fe croyoient autorifés à entamer ce funefte
procès, quel flambeau pouvoit les éclairer dans
la recherche de la vérité ? Aucun témoin ne s'eft
préfenté qui ait pu dire *j'ai vu commettre le crime.*
L'enthoufiafme & le fanatifme n'ont produit que
des ouï-dires, des foupçons, de prétendues vrai-
femblances. D'un autre côté, c'eft un fait certain que les accufés ont toujours nié conftam-

* *Effai fur
l'efprit & les
motifs de la
procédure cri-
minelle, édi-
tion de 1755,
page 24.*

ment d'être les auteurs de la mort de Marc-Antoine Calas.

Ainsi les Juges manquoient des deux plus puissans appuis de toute procédure criminelle : le rapport des témoins, & la confession des accusés; il ne leur restoit de ressource que dans l'examen des témoins muets, & dans la combinaison des circonstances qui avoient accompagné la mort de Marc-Antoine Calas. Dans une situation aussi embarrassante, pouvoient-ils s'attacher trop fortement aux regles? Et s'ils les ont négligées, pourroit-on laisser subsister leur Jugement, sans donner une atteinte mortelle à la sûreté de tous les Citoyens?

C'est d'après ces grandes vues, qu'on croit devoir à l'importance de l'affaire, de retracer au Conseil quelques refléxions sur la procédure qui a servi de fondement à la condamnation de Jean Calas.

§. I.

LE TITRE IV. de l'Ordonnance de 1670, renferme deux articles dont on ne peut trop peser les termes, parce que ce sont peut-être les plus fortes barrieres que le Législateur ait pu opposer à l'injustice & à la prévention.

« *Les Juges*, porte l'article I, dresseront *sur* » *le champ & sans déplacer*, procès-verbal de l'é- » tat auquel seront trouvées les personnes bles- » sées, ou le corps mort; *ensemble du lieu où le* » *délit aura été commis*, ET DE TOUT CE QUI » PEUT SERVIR POUR LA DÉCHARGE OU » CONVICTION.

» Les procès-verbaux (c'est l'article II du

» même titre) feront remis au Greffe *dans les*
» *vingt-quatre heures*, enfemble les armes, *meu-*
» *bles & hardes* qui pourront fervir à la preuve,
» & feront enfuite partie des pieces du procès».

Telle eſt la loi impofée aux Juges. Le fieur
David s'y eſt-il conformé lors de la defcente
qu'il fit dans la maifon de Jean Calas, le foir
du 13 Octobre 1761 ?

1°. C'EST UN FAIT certain, que le procès-verbal n'a point été fait *fur le champ & fans déplacer.*
Toutes les perfonnes qui affiſterent à la defcente
faite par le fieur David, & dont la plûpart ne
le perdirent pas de vue, peuvent attéſter que
ce Capitoul n'écrivit & ne fit rien écrire dans
la maifon. Le Confeil d'ailleurs peut s'en con-
vaincre par lui-même, en examinant fi ce procès-verbal eſt daté du lieu & du tems où il a été
rédigé ; fi fa date, en cas qu'il en contienne quel-
qu'une, peut s'accorder avec celle des autres
actes qui doivent y être énoncés ; s'il eſt figné
de ceux qui y ont affiſté ou qui y ont concouru,
entr'autres par le Médecin & les deux Chirurgiens, dont le fieur David a dû recevoir le fer-
ment contenant promeffe de dire vérité.

Mais au reſte, à quoi bon ces recherches ? Une
preuve certaine que le procès-verbal n'a point
été rédigé fur le lieu, c'eſt qu'il ne contient point
les interrogations d'office qu'on a coutume de
faire en pareilles occafions à ceux qui fe trou-
vent fur le lieu du délit. Ce n'eſt qu'à l'Hôtel
de Ville après y avoir fait tranfporter le cadavre,
& par des actes féparés, que le fieur David a
reçu d'office les déclarations du pere, de la mere
& du frere du défunt, du fieur Lavayffe & de

la servante. Or si le procès-verbal eût été rédigé sur le lieu, ces déclarations feroient partie du procès-verbal , & elles ne formeroient qu'un seul & même contexte avec lui.

A cette occasion, qu'il soit permis de demander pourquoi commencer par faire transporter le cadavre à l'Hôtel de Ville , & attendre que les accusés y aient été conduits, pour recevoir leurs déclarations d'office ? Y avoit-il un tems & un lieu plus propre pour s'éclaircir avec eux de la vérité du fait, que lorsque le cadavre existant encore dans la maison, mettoit le sieur David à portée de leur faire, en présence du Médecin & des Chirurgiens, toutes les questions & toutes les interpellations qu'il auroit jugées nécessaires d'après les remarques qui avoient été faites sur l'état du cadavre , & sur toutes les autres circonstances d'un si tragique accident ? Que dire, que penser de cette conduite dans une affaire aussi importante ?

Quoi qu'il en soit , il résulte des observations qu'on vient de faire, que le procès-verbal de descente a été fait après-coup & de mémoire. Si dans une affaire criminelle où tout dépend souvent des premieres démarches , le sort des accusés est livré à l'incertitude de la mémoire d'un Commissaire ; s'il est permis de porter cette légereté, cette négligence , dans une opération aussi essentielle, à quoi tiennent la vie & l'honneur des sujets du Roi ?

2°. L'ORDONNANCE obligeoit le sieur David de dresser procès-verbal *du lieu* où le prétendu délit avoit été commis. La famille Calas est bien sûre que ce Capitoul n'y a point satisfait. Pourroit-elle même en douter lorfqu'elle eft inftruite que ce n'eft que plufieurs jours après que les Capitouls fe font avifés de faire une nouvelle defcente dans la maifon, pour conftater, dit-on, l'état des lieux ? Etoit-il tems de remplir une formalité effentielle que l'Ordonnance enjoignoit au fieur David de faire *fur le champ & fans déplacer?* Des gens mal intentionnés n'ont-ils pas pu, dans cet intervalle, changer la difpofition des lieux pour donner un air de vraifemblance à une accufation hafardée témérairement, & qu'on fe croyoit intéreffé d'honneur à foutenir? Un moment eft précieux lorfqu'il s'agit de l'honneur & de la vie des hommes ; & les Capitouls laiffent écouler plufieurs jours fans fe donner la peine de vérifier des circonftances, qui pouvoient ou conftater le crime ou manifefter l'innocence.

3°. Suivant la même Ordonnance, le fieur David devoit dreffer procès-verbal de tout ce qui pouvoit fervir *pour la décharge ou conviction,* & faire tranfporter au Greffe, *dans les vingt-quatre heures,* les meubles & hardes qui pouvoient fervir à la preuve, & faire enfuite partie des pieces du procès.

Rien n'étoit plus important dans l'efpece que l'obfervation de cette difpofition.

D'abord il n'eft pas poffible de penfer que, foit dans les poches des habits de Marc-Antoine Calas, foit parmi les meubles qui lui appartenoient en particulier, il ne fe foit trouvé des livres, des lettres, ou autres papiers qui auroient donné des lumieres fur fa façon de penfer.

On doit d'autant plus le préfumer que depuis le Jugement du procès, la famille Calas a recou-

vré une lettre écrite par le défunt, au sieur
Cazeing de Nismes, le 18 Janvier 1761, qui
prouve évidemment que Marc-Antoine ne pen-
soit point à se convertir *. Il est probable que
dans ses papiers, on auroit trouvé bien d'autres
preuves de ses sentimens. Il falloit donc s'en sai-
sir ; il falloit les faire porter au Greffe *dans les
vingt-quatre heures*, pour que les Juges pussent
les examiner à loisir, & en tirer des preuves
pour ou contre les accusés. Seroit-il possible que
le sieur David eût pris sur lui de déclarer ces papiers inutiles, & de soustraires ainsi aux regards
de la Justice, les preuves peut-être les plus
irréprochables qu'elle pût désirer.

* Voyez le Mémoire imprimé, p. 67.

En second lieu, le sieur David ne pouvoit
trop tôt constater & faire porter au Greffe les
instrumens de la mort de Marc-Antoine Calas.
En a-t-il fait la description ? En a-t-il même fait
la recherche ? Il le devoit, puisqu'on assure que
le Médecin & les Chirurgiens ont déclaré dans
leur rapport que Marc-Antoine Calas étoit mort
étranglé. S'il ne l'a pas fait, à quels dangers n'a-
t-il pas exposé les accusés ?

Ceci n'est point une vaine déclamation. Rien
n'étoit plus important, on le répete, que de
mettre sur le champ dans le dépôt de la Justice,
les instrumens de la mort de Marc-Antoine Calas.
Une des principales objections qu'on ait faite à
sa famille, c'est que le billot auquel il s'est sus-
pendu étoit trop court pour être appuyé sur les
deux battans de la porte par laquelle on entre
de la boutique au magasin. On conçoit dès-lors
que la longueur, plus ou moins grande, de ce
billot a été regardée comme un fait très-im-
portant, quoique dans le vrai, il fût assez in-

différent, puisqu'en rapprochant les battans de la porte, le billot se trouvoit assez long. Quoi qu'il en soit, comment a-t-on osé dire que ce billot étoit trop court, après qu'on l'a laissé plusieurs jours sans en constater la longueur, exposé aux entreprises de quiconque aura pu le raçourcir ? Une telle méchanceté, dira-t-on, peut-elle se présumer ? Eh, pourquoi le fanatisme n'en feroit-il pas capable ? On en verra dans la suite d'autres exemples ; mais quand ces exemples manqueroient, est-il permis de rien hazarder dans une matiere aussi grave ?

En un mot, l'Ordonnance exigeoit la description & le transport au Greffe, au moins *dans les vingt quatre heures*, du billot, de la corde qui y étoit attachée, des meubles & hardes du défunt, & généralement de tout ce qui pouvoit servir *pour la décharge ou conviction*. Rien de tout cela n'a été fait. Par conséquent le procès-verbal de descente est nul, & toute la procédure est nulle puisqu'elle porte sur ce seul appui.

§. II.

ON VIENT de voir que par les défauts essentiels du procès-verbal de descente, le sieur David a fait perdre aux accusés tous les témoignages muets qu'ils pouvoient trouver dans la disposition des lieux, dans les circonstances du fait, & dans les meubles, hardes, livres, papiers & instrumens dont la description devoit être faite sur le champ. & le transport au Greffe dans les vingt-quatre heures. On va voir présentement que, par une autre contravention à l'Ordonnance, les Capitouls ont enlevé à la famille Ca-

las les feuls témoins oculaires qui puffent dépofer
de la vérité du fait.

On a prouvé dans le Mémoire imprimé pour
la famille Calas *, que les Capitouls n'avoient
aucun droit de faire arrêter & écrouer cinq perfonnes domiciliées, avant qu'il eût été fait aucune
information, avant qu'il y eût contr'elles le moin-
dre indice, avant même qu'elles fuffent accufées,
& malgré les raifons frappantes qui les mettoient
à l'abri de tout foupçon.

* Pag. 37, 38 & 39.

Dira-t-on qu'un homme trouvé mort dans une
maifon particuliere, eft un motif de s'affurer de
tous ceux qui font dans la même maifon ? Certainement lorfqu'on voudra y refléchir, on fe
perfuadera fans peine que rien ne feroit plus injufte
plus dangereux, plus attentatoire à la fûreté de
tous les Citoyens, que d'admettre indiftincte-
ment un femblable principe.

Les articles VIII. & IX. du titre X. de l'Ordonnance de 1670 fpécifient les feuls cas dans
lefquels un Juge quelconque peut decréter, fans
arrêter & écrouer un Citoyen, fans information
préalable : 1°. pour crime de duel, *fur la feule
notoriété*; 2°. fur la plainte des Procureurs du
Roi *contre les vagabonds*, & fur celle des Maîtres,
pour les crimes & délits domeftiques; 3°. en cas
de *flagrant délit*; 4°. enfin, fur la *clameur publique*.

La famille Calas n'étoit point dans les trois
premiers cas, rien de plus évident. Etoit-elle
dans le quatrieme ? On a répandu à Touloufe,
que lors de la defcente du fieur David dans la
maifon de Jean Calas, il s'étoit élevé de la foule
une voix qui avoit accufé ce dernier d'avoir
étranglé fon fils en haine de la Religion. Mais
outre qu'une voix d'un inconnu & d'un témé-

raire ne forme pas une *clameur publique*, par où eft-il prouvé qu'on ait véritablement entendu cette voix ? Le procès-verbal du fieur David en fait-il mention ? Et s'il n'y eft rien dit d'un pareil fait, peut-on douter que ce ne foit un propos imaginé après coup pour juftifier l'emprifonnement de cinq perfonnes que toutes les Loix devoient garantir d'une pareille voye de fait ?

Ainfi en faifant arrêter & écrouer le pere, la mere, le frere, l'ami & la fervante, les Capitouls ont contrevenu formellement aux Loix gardiennes & protectrices de la liberté des Sujets du Roi : ils ont donné un exemple qui doit faire trembler les perfonnes dont la confcience eft la plus pure ; & ce qu'il y a peut-être de plus fâcheux encore, c'eft qu'à ce fignal toute la Ville de Touloufe a retenti de ces bruits auffi affreux qu'abfurdes, qui volant de bouche en bouche, & fe diverfifiant en mille manieres, ont formé l'orage qui a fondu fur la tête de l'infortuné Calas.

Qui pouvoit alors défendre ce malheureux pere contre la violence de ce débordement ? On avoit, pour ainfi dire fermé la bouche aux deux feuls témoins qui pouvoient parler en fa faveur. Le fieur Lavayffe & fa fervante étoient dans les prifons : ils etoient accufés, & par conféquent hors d'état de rendre un témoignage qui pût fervir à l'innocence. Eh ! Quand bien même les Capitouls auroient eu des prétextes pour faire arrêter le pere, la merre & le frere, quelle raifon pouvoit les autorifer à faire emprifonner un jeune homme arrivé de la veille à Touloufe, arrêté fortuitement à fouper, & qui devoit partir le lendemain pour aller retrouver fes parens à la campagne ? Pourquoi impliquer dans le procès une servante que sa catholicité & sur-tout la part qu'elle avoit eue à la conversion de Louis Calas, ne permettoient pas même de soupçonner ? Deux inconvéniens bien terribles ont résulté de cet emprisonnement : on a fait perdre aux accusés une des preuves les plus certaines de leur inno- cence , & par un semblable éclat , on les a livrés à tous les excès de la prévention & du fanatisme.

C'est ainsi qu'en s'écartant des Loix, on s'é- carte presque toujours de la Justice ; & c'est pourquoi il est si important que le Conseil main- tienne l'exécution des regles prescrites aux Juges , principalement en matiere criminelle. Rien de plus précieux que l'honneur & la vie des Citoyens ; par conséquent , rien ne doit être conservé avec plus de soin que les précautions prises par les Loix pour leur assurer la possession de ces deux biens : tout ce qui peut tendre à les en priver injustement , doit être cassé , par- ce que , comme on l'a déja dit , *ce seroit un trou- ble plus violent porté à l'ordre public , de sacrifier un innocent , que de laisser un crime impuni.*

§. III.

On ne croit pas devoir rien ajouter ici à ce qu'on a dit dans le Mémoire imprimé , sur la nullité du rapport du Médecin & des Chirurgiens, du second rapport du sieur Lamarque Chirur- gien , du Monitoire , & du second procès-verbal de descente fait dans la maison de Jean Calas , plusieurs jours après l'emprisonnement de la famille , ainsi que sur la nullité résultante de ce que plusieurs des Juges qui étoient manifeste-

ment récufables, ont néanmoins affifté & opi-
né au jugement du procès.

On affure qu'il a été fait encore quelques
jours avant la Sentence des Capitouls, une troi-
fieme defcente dans la maifon du fieur Calas.
Cette nouvelle démarche eft une preuve de plus
de la nullité du premier procès-verbal de defcente. Car fi ce premier procès-verbal eût été
fait conformément à l'Ordonnance, il devoit
contenir la vérification exacte du lieu & de tout
ce qui pouvoit avoir rapport à l'éclairciffement
du fait.

Quant au différens interrogatoires qu'on a
fait fubir aux accufés, & aux procédures qui y
font relatives, le Confeil les examinera fans
doute avec la plus grande attention ; & en les ra-
prochant des chefs du Monitoire publié dans
toutes les Eglifes de Touloufe, il verra jufqu'à
quel point la prévention s'eft déclarée dès les
premiers inftans contre la malheureufe famille
Calas. Car avant qu'il fût furvenu aucune charge
qui pût autorifer des foupçons légitimes, & dès
les premiers jours de leur détention, les accufés
s'entendirent avec horreur faire les queftions les
plus révoltantes. On demanda au pere, à la mere
& au frere, s'ils n'avoient pas comploté enfemble de fe défaire de M. A. Calas, en le faifant
mourir de façon on d'autre : à la fervante, fi
elle ne l'avoit pas vu étrangler par fon frere,
fon pere ou fa mere & autres perfonnes : au pere,
fi le 13 Octobre, il n'exécuta pas fon *pernicieux
deffein*, depuis fept heures du foir jufqu'à environ
dix heures, ou s'il ne le fit exécuter par des perfonnes cachées dans la maifon pour étrangler fon
fils ; s'il n'étoit pas vrai qu'ayant prémédité la

mort de son fils, il avoit fait faire dans la cave,
une fosse pour l'enterrer ; s'il n'avoit pas pendu
son fils en haine de sa Religion, & mille autres
questions aussi barbares.

Bien plus, on a sçu depuis le Jugement, que
dans l'un des premiers interrogatoites de la servante, le Commissaire lui fit une représentation
tendante à lui faire dire que le soir du 13 Octobre, M. A. Calas ayant apporté du fromage
pour le dessert, elle chercha à le détourner de
monter dans l'appartement, sous prétexte que
s'il s'obstinoit à y monter, il lui arriveroit quelque malheur, ce qui fut nié constamment par la
servante. On assure qu'il a été fait une infinité
de questions semblables tant aux accusés qu'aux
témoins ; question qui dans l'intention des Juges,
ne tendoient sans doute qu'à éclairer leur religion ; mais qui prouvoient démonstrativemeut
qu'ils étoient fortement prévenus de la réalité
d'un prétendu crime qui n'étoit appuyé d'aucune preuve, ni d'aucune vraisemblance. Ne se
peut-il pas faire d'ailleurs que les témoins déja
trop échauffés sur cette malheureuse affaire,
voyant les Juges témoigner si ouvertement leurs
sentimens, se soient crus dès-lors autorisés à
déposer comme des faits certains, de simples
conjectures, ou de simples oui-dires ?

§. IV.

LES PREMIERES procédures ayant été faites
de maniere à faire périr toutes les preuves qui
pouvoient servir pour ou contre les accusés,
il est clair que cette perte n'a pu être réparée
par les informations faites d'après la publication

du Monitoire; car les Capitouls ayant fait emprisonner & écrouer les deux seules personnes qui pouvoient déposer du fait comme témoins oculaires, que peuvent contenir les informations, sinon des propos vagues, des soupçons téméraires, ou des conjectures hasardées ? D'ailleurs, comme on l'a déja observé dans le Mémoire imprimé, * toutes les dépositions qu'on a regardées comme les plus fortes, portent sur la supposition que M. A. Calas étoit converti & prêt à faire abjuration : or, quand bien même ces dépositions seroient encore plus positives & plus multipliées, elle s'évanouissent dès-lors qu'il est certain que malgré les publications réitérées du Monitoire, & malgré la fulmination de l'excommunication qui s'en est ensuivie, aucun Ecclésiastique ne s'est présenté, qui ait pu dire, *j'ai instruit M. A. Calas, je l'ai confessé, je l'ai disposé à faire son abjuration.* Quelle que puisse être la rage du fanatisme, il faut nécessairement qu'elle cede à la force de cet argument.

Quant à la forme des informations, le Conseil est seul en état de l'examiner, attendu que ce sont des pieces secretes. La famille Calas ne peut donc que s'en rapporter à cet égard, à la prudence, à l'attention & aux lumieres supérieures de ses Juges, & elle se bornera à quelques reflexions générales sur les informations en elles-mêmes.

1°. C'EST UN FAIT certain, qu'un très-grand nombre des dépositions des témoins ne font que des oui-dires. Comme des oui-dires en quelque nombre qu'ils soient, ne font par eux-mêmes aucune preuve, les Juges ont dû remonter à la

Voyez le Mémoire imprimé, page 59 & suivante jusqu'à la 77.

source : l'ont-ils fait ? A-t-on fait assigner ceux de qui certains témoins prétendoient tenir les oui-dires qui remplissent leurs dépositions ; & s'ils ont été assignés, ont-ils confirmé les discours qu'on leur attribuoit ? C'est un des points les plus importans à examiner ; car c'est par-là principalement qu'on peut juger de la fidélité ou de la mauvaise disposition des témoins.

On assure que quelques femmes se sont réunies pour rapporter plusieurs faits très-méchans , & en même tems absurdes , comme les tenans directement du sieur Roux , Marchand à Toulouse. On ajoute que le sieur Roux ayant été entendu comme témoin dans la continuation d'information , il a nié purement & simplement les propos qu'on avoit eu la témérité de lui attribuer. Il y a sans doute plusieurs autres dépositions qui sont dans le même cas.

2°. IL EST de la derniere importance d'examiner si les dépositions des témoins qui rapportent un même fait, s'accordent entr'elles , si elles peuvent se concilier avec les faits qui sont demeurés constans au procès.

De tous les témoins qui ont rapporté les cris qu'ils prétendent avoir entendus , ou qu'on leur a dit avoir entendus dans la boutique de Jean Calas , vers les neuf heures & demie du soir , il n'y en a aucun, dit-on, qui s'accorde avec les autres. L'un a entendu crier *au voleur ;* l'autre, *ah ! mon Dieu, ah ! mon Dieu.* Un autre rapporte sur un prétendu oui-dire d'Espaillac, Garçon Perruquier, qu'on a crié, *ah ! mon Dieu, on m'assassine, ah ! mon Dieu, on m'étrangle.* Un autre a oui dire, dit-il, au même Garçon Perruquier
quier

quier, qu'il avoit entendu crier, *ah! mon pere, vous m'étranglez.* Suivant un autre oui-dire, on avoit entendu crier, *ah! mon Dieu, mon pere, vous me faites tuer, vous n'avez pas pitié de moi: ah! mon Dieu, ayez pitié de moi.* Un autre a entendu, dit-il, ces mots, *mon pere, laissez-moi faire un acte de contrition.* Enfin, suivant un autre témoin, la servante du sieur Durand, Perruquier, voisin de Jean Calas, étant montée à la même heure sur le toît de la maison, entendit crier, *mon Dieu! pourquoi m'étranglez-vous;* & la servante du sieur Ducassou, en couchant la petite fille de son maître, entendit au contraire, *à l'assassin, je suis mort.*

Quelle étonnante variété dans tous ces rapports! Quelle preuve plus frappante de l'infidélité ou de la légéreté des témoins? Mais ce qu'il est essentiel de remarquer, c'est qu'Espaillac, garçon Perruquier, n'a point confirmé par sa déposition, les propos qu'on lui fait tenir. Le fait est notoire, puisque c'est le motif du decret de prise-de-corps prononcé contre lui par les Capitouls. On assure également que la servante du sieur Durand n'a rien dit des prétendus cris: *Mon Dieu! pourquoi m'étranglez-vous?* Et vraissemblablement il en est de même d'une infinité d'autres témoins. Que doit-on donc penser des preuves sur lesquelles l'infortuné Calas a été condamné?

Mais écartons pour un moment la contradiction de ces différens rapports. Si les cris ont été si multipliés, il faut supposer par conséquent que M. A. Calas auroit connu qu'on vouloit l'étrangler; & certainement s'il a eu cette connoissance, s'il a eu le tems de crier *au secours, à l'assassin,*

B

&c. il aura eu également le tems de se mettre en défense & de résister ; & il ne faut pas douter qu'il ne l'eût fait, car c'est une idée folle & ridicule de prétendre, comme certaines personnes ont eu l'imbécillité de le dire, qu'il étoit si soumis à son pere, que s'il lui avoit dit, *je veux te couper la tête*, il l'auroit présentée sans résistance. De pareils propos ne prendront jamais crédit chez les personnes sensées.

Il est donc indubitable, même d'après les dépositions des témoins, que si M. A. Calas avoit été étranglé, il auroit eu le tems de se défendre, & qu'il se seroit défendu en effet : or, s'il s'étoit défendu, n'en auroit-on apperçu aucune trace sur son corps ? N'auroit-il reçu aucun coup, aucune blessure, aucune contusion ? Le Conseil est à-portée de vérifier d'après les rapports des Médecins & Chirurgiens, s'il s'est trouvé quelque marque de combat sur le cadavre de Marc-Antoine Calas; & si, comme on l'assure, il ne s'en est trouvé aucune, n'est-il pas évident que tous les prétendus cris rapportés par les témoins, ne sont que des visions & des chimeres enfantées par la legéreté, ou peut-être par la méchanceté ?

3°. PLUSIEURS témoins ont rapporté différens propos qu'ils ont prétendu tenir de Louis Calas, nouvellement converti : par exemple, qu'une marque qu'il porte au visage, venoit d'un coup de pistolet que son pere lui avoit tiré dans l'escalier ; qu'on l'avoit tenu pendant quinze jours enfermé à la cave, les pieds nuds, au pain & à l'eau, &c. Mais d'autres témoins rapportent, à ce qu'on assure, avoir entendu dire à Louis Calas lui-même, que cette marque au visage venoit d'un pétard qu'il avoit tiré fur la place publique. Ce fait eft d'ailleurs inconteftable, & il pourroit être attefté en cas de befoin par le fieur Camoire, Chirurgien, qui a panfé la plaie caufée par cet accident, & qui a été témoin des foins affidus de la veuve Calas auprès de fon fils, jufqu'à ce qu'il fût rétabli. Que penfer des témoins après une variété auffi effentielle dans leurs dépofitions ?

Au furplus, fans prétendre attaquer ici les fentimens de Louis Calas, dont la converfion n'eft fondée fans doute que fur des motifs purs & défintéreffés, ne fe peut-il pas faire que ce jeune homme, après être forti brufquement de la maifon de fon pere, ait hafardé beaucoup de difcours dans la Ville de Touloufe, foit pour excufer fa conduite, foit peut-être pour fe faire valoir auprès des anciens Catholiques difpofés à lui fournir des fecours, foit pour fe concilier la bienveillance & la protection des perfonnes puiffantes, dont il croyoit avoir befoin pour forcer fon pere à lui payer un apprentiffage & une penfion; foit enfin par une légereté & une imprudence excufables dans un jeune homme de cet âge ?

Ce qu'on peut dire de Louis Calas, on peut le penfer également de plufieurs particuliers dont les témoins ont cité des oui-dires fans nombre. Il n'eft que trop ordinaire de voir des perfonnes qui fe font fait une efpece d'habitude de débiter froidement des propos dont elles connoiffent elles-mêmes la fauffeté, mais dont elles fe font un plaifir dangereux de payer la curiofité de ceux qui les interrogent. Dans une Ville comme Touloufe, la mort de M. A. Calas étoit devenue l'objet de toutes les converfations publiques & particulieres;

chacun s'empreſſoit de demander les circonſtances de ſa mort ; & les queſtions multipliées à l'in-
fini ſur le fait en lui-même, ſur ſes cauſes & ſur
ſes circonſtances, attiroient autant de différentes
réponſes, ſuivant le génie & le caractere de ceux
qui faiſoient les queſtions, & de ceux qui y répon-
doient. Les uns, par une eſpece d'ambition de pa-
roître inſtruits, les autres par enthouſiaſme, par
démangeaiſon de parler, ou même par méchanceté, chacun y mettoit du ſien, chacun rapportoit
le fait, ſuivant qu'il étoit affecté, ou ſuivant que
le caprice le conduiſoit. Qu'on raſſemble tous les
propos qui ſe débitent, même dans les événemens
ordinaires & les moins importans, oſeroit-on en
former, on ne dit pas un corps de preuves, même une préſomption raiſonnable ? Et n'éprouve-
t-on pas tous les jours au contraire que ces ſortes
de bruits publics ne ſont dignes ſouvent que d'un
ſouverain mépris ?

Mais ce qui eſt plus fâcheux encore, c'eſt que
peut-être pluſieurs de ceux qui s'étoient avancés
imprudemment juſqu'à haſarder dans le public
des propos téméraires ſur les circonſtances de la
mort de M. A. Calas, ſe ſont crus intéreſſés à les
ſoutenir comme témoins, lorſqu'ils ont été aſſi-
gnés pour dépoſer dans les informations. L'exemple du nommé *Eſpaillac*, decrété de priſe-de-
corps par les Capitouls, pour n'avoir pas répété
dans ſa dépoſition un propos en l'air qu'il avoit
débité, dit-on, en raſant trois Freres Tailleurs *,
cet exemple étoit bien capable d'intimider ceux
qui pouvoient ſe trouver dans le même cas ; & la
crainte d'un pareil ſort a produit, peut-être, bien
de fauſſes dépoſitions, dont on s'eſt ſervi pour

* *Voyez le
Mémoire im-
primé*, pag.
17, 18 & 19.

appuyer la condamnation de l'infortuné Calas.

POUR METTRE le Conseil à-portée de juger de la confiance dûe aux témoins entendus dans cette funeste affaire, on croit devoir citer ici ce qui a été rapporté dans le public d'une déposition, ou révélation, de la nommée *Jeanneton Petit*, Couturiere.

On s'imagine, peut-être, que cette déposition charge directement les Calas, & il y a lieu de croire en effet que ceux qui l'ont dictée à Jeanneton Petit, n'avoient pas d'autre intention. Mais cette fille, notoirement imbécille, a mal retenu, sans doute, la leçon qu'on lui avoit faite ; & confondant le nom de *Calas* avec celui de *Lavaysse*, elle a attribué mal-adroitement à la dame Lavaysse, ce qu'on l'avoit chargée de déposer contre la dame Calas. Voici l'histoire telle qu'on l'a débitée. Elle prouvera jusqu'à quel point on a cherché à calomnier les Calas.

Jeanneton Petit a déclaré qu'étant près de quitter la Religion Protestante pour se faire Catholique, elle alla à la Messe un Dimanche, pendant son séjour chez la dame Lavaysse, où elle étoit en journée. A son retour, dit-elle, la dame Lavaysse la mande dans sa chambre, & lui dit tranquillement, *mettez votre main sur cette table.* Cette fille obéit sans se méfier de rien, quoique le sieur Lavaysse, fils aîné, l'eût saisie pour lui tenir la main, ce qui auroit dû cependant lui devenir suspect. Alors la dame Lavaysse, tout-à-coup devenue furieuse, tire *un tranchelard*, & lui en décharge un si grand coup sur la main, à la naissance des doigts, que le tranchelard demeura enfoncé dans la playe.

A ce récit, on croiroit que Jeanneton Petit a dû s'évanouir du coup, & que l'exceffive douleur lui aura fait perdre connoiffance & tout fentiment : point du tout ; elle fort de la chambre, le tranche-lard toujours fiché dans la main ; elle a le courage de fe rendre jufqu'à la métairie, où le fermier lui arrache enfin ce fatal inftrument qui avoit fait une fi profonde incifion dans les doigts fans les couper.

Mais au moins, dira-t-on, après un pareil at-tentat, la dame Lavayffe & fon fils auront fait des efforts pour retenir Jeanneton Petit, & prévenir l'éclat qui pouvoit en réfulter ? Non. Bien loin de-là, le fieur Lavayffe fils, fuit cette fille à la mé-tairie, & pour hâter fa marche, il lui donne, chemin faifant, des coups de poing qui lui meur-trirent tout le côté gauche. On la tranfporta en-fuite chez fon oncle, Chirurgien à Caraman, & la bleffure fe trouva fi furieufe, qu'elle n'en fut guérie qu'au bout de dix-huit mois.

On ajoute que cette fcène s'étoit paffée huit ans avant la mort de M. A. Calas, & que l'oncle le Chirurgien, le fermier de la métairie, & tous ceux qui avoient vu la bleffure, avoient été affez difcrets pour qu'il n'en eût rien tranfpiré juf-qu'alors.

Une hiftoire auffi abfurde ne mérite pas d'être réfutée férieufement ; il paroît même que les Ju-ges en ont eu la même opinion, puifque la dé-pofition de Jeanneton Petit n'a eu aucune fuite. Pourquoi donc, dira-t-on, rapporter une pareille abfurdité ? C'eft pour faire voir que dans la mal-heureufe affaire de Calas, il y a eu, non-feule-ment du fanatifme & de l'enthoufiafme, mais en-

core de la malignité & du deſſein de nuire. Car
enfin, à quel propos a-t-on été chercher *Jeanne-*
ton Petit pour lui faire tenir un diſcours auſſi dé-
pourvu de raiſon & de bon ſens ? Cette hiſtoire,
il eſt vrai, eſt un délire manifeſte ; mais pour être
abſurde, elle n'en eſt pas moins méchante, elle
n'en prouve que mieux l'acharnement & la mau-
vaiſe volonté de ceux qui ſe ſont donné la peine
de la compoſer ; & quels violens ſoupçons n'en
réſulte-t-il pas contre les dépoſitions des autres
témoins ?

Que penſera-t on, par exemple, de la dépoſition de Catherine Daulmiere, rapportée dans le
mémoire imprimé ? On aſſure que les Capitouls
lui ayant fait repréſenter, au récolement, le cadavre nud de M. A. Calas, qu'ils avoient fait tirer
de la chaux vive où il étoit depuis près de quinze
jours, cette Couturiere eut le talent de recon-
noître dans ce cadavre défiguré, la taille & les
traits d'un jeune homme qu'elle n'avoit vu, dit-
elle, que dans des momens de dévotion.

* Pag. 71
& 72.

§. V.

UNE DES MEILLEURES preuves qu'on puiſſe
avoir que les informations n'ont préſenté aucun
fait qui pût autoriſer la condamnation de Jean Calas, c'eſt l'attention qu'on a eue de faire valoir
dans le public la prétendue impoſſibilité phyſique
que M. A. Calas ſe fût pendu lui-même. C'eſt donc
ſur des raiſonnemens & ſur des combinaiſons toujours ſujettes à mille erreurs, que cet infortuné
vieillard a péri ſur l'échaffaud.

La famille de Calas ſe flatte d'avoir démontré
dans ſon Mémoire imprimé, que rien n'eſt plus

chimérique que cette prétendue impoſſibilité.
Elle ſe bornera ici à une ſeule réflexion.

On a fait valoir contre Calas, pere, un argument pris de ce qu'il ne s'eſt trouvé, dit-on, ni
chaiſe, ni eſcabelle, ni tabouret dont ſon fils eût
pû ſe ſervir pour s'élever juſqu'à la hauteur de la
porte du magaſin, & y poſer le billot auquel il
s'eſt ſuſpendu. Il auroit fallu, dit-on, qu'il ſe fût
élevé de lui-même juſqu'à la hauteur de deux
pans, autrement un pié quatre pouces quatre li-
gnes & demie. Or, cela eſt phyſiquement impoſſi-
ble : donc c'eſt le pere qui a étranglé ſon fils par
ſuſpenſion, ou par torſion.

On conçoit combien cette horrible conſéquence eſt injuſte & fauſſe. Mais, d'ailleurs, par où
eſt-il conſtaté qu'il ne ſe ſoit effectivement trouvé
ni chaiſe, ni eſcabelle, ni tabouret auprès du cadavre de M. A. Calas ? Le Procès-verbal du ſieur
David en fait-il mention ? Quand bien-même il en
feroit mention, s'enſuivroit-il qu'il n'y en eût
point avant l'arrivée de ce Capitoul? Ne ſe peut-
il pas faire qu'en accourant vers le cadavre, le
pere, le frere & le ſieur Lavayſſe euſſent écarté
ſieges, tabourets, & tout ce qui pouvoit nuire ou
s'oppoſer à leur paſſage ? n'eſt-il pas même probable qu'ils l'ont fait ?

On a prétendu que Calas pere eſt convenu dans
quelque interrogatoire, qu'il n'y avoit point de
chaiſe, ni de tabouret auprès de ſon fils. D'abord
ce prétendu aveu eſt un fait qu'il faut vérifier.
Au ſurplus, n'eſt-il pas naturel de penſer que dans
les premiers accès de douleur & de déſeſpoir de
ce malheureux pere, il n'aura pas vu les ſieges ou
tabourets qui pouvoient être au-tour de ſon fils,
qu'il les aura écartés machinalement, & que tout

occupé du funeste objet qui frappoit ses yeux, il n'aura rien vu, ni rien distingué au-delà?

§. V I.

QUOIQUE les moyens de cassation établis contre l'Arrêt du 9 Mars 1762, ne paroissent pas devoir laisser d'incertitude sur le succès de la demande de la famille Calas; cependant pour ne négliger aucun moyen dans une affaire aussi grave, elle a cru devoir conclure subsidiairement à la révision du procès.

La révision, suivant la remarque de M. le Premier Président de Lamoignon, lors des Conférences sur l'Ordonnance de 1670, est, en matiere criminelle, ce qu'étoient, en matiere civile, les propositions d'erreur, avant qu'elles eussent été abrogées par l'Ordonnance de 1667, & ce que font encore aujourd'hui les moyens de Requête civile. Ainsi les moyens qui étoient autrefois admis comme propositions d'erreur, & qui sont regardés à-présent comme ouvertures de Requête civile, doivent servir également à faire ordonner la révision des procès criminels.

Bornier, sur l'article 42. du titre 35. de l'Ordonnance de 1667, & les autres Auteurs qui ont traité cette matiere, enseignent que la proposition d'erreur avoit lieu lorsque la partie qui avoit succombé soutenoit que les Juges *avoient erré en fait*. A l'égard des Requêtes civiles, tout le monde connoît les ouvertures admises par l'Ordonnance de 1667; par exemple, *si la procédure ordonnée par Sa Majesté n'a point été suivie, s'il y a contrariété d'Arrêts ou Jugemens en dernier ressort, entre*

les mêmes Parties, sur les mêmes moyens, & en mêmes Cours & Jurisdictions, s'il y a des pieces décisi-
ves nouvellement recouvrées, &c.

D'après ces regles, examinons si, en tout évé-
nement, le remede de la révision peut être refusé
à la famille Calas.

1°. IL Y A certainement *erreur de fait* de la part
des Juges, en ce qu'ils ont pensé que Marc-Antoine Calas étoit converti, ou sur le point de se
convertir à la Religion Catholique ; d'où ils ont
conclu que ses parens l'avoient étranglé en haine
de sa conversion. C'est ce dont il est impossible
de douter lorsqu'on réfléchit sur la peine prononcée contre Calas pere. Il suffit d'ailleurs de
jetter les yeux sur toute la procédure, notam-
ment sur le Monitoire *publié à Toulouse à deux
reprises différentes, d'autorité des Capitouls, &
ensuite du Parlement, & de se rappeller la pompe
funebre de Marc-Antoine Calas, autorisée par les
Magistrats, ainsi que les honneurs qui lui ont été
rendus comme à un Martyr de la Religion.

* Voyes le
Mémoire im-
primé, 17,

Nul doute par conséquent que les Juges n'aient
été persuadés que Marc-Antoine Calas s'étoit
converti, & que par cette raison ses parens l'a-
voient étranglé. Or il est démontré aujourd'hui
que cette prétendue conversion est une erreur de
fait, & il n'en faut pas d'autres preuves que le fait
certain qu'il ne s'est présenté, ni à Toulouse, ni
ailleurs, aucun Ecclésiastique qui ait pu dire l'a-
voir converti, ni même l'avoir disposé à sa conversion. Il y a donc justice & nécessité de retrac-
ter l'Arrêt du 9 Mars 1762 ; car il est impossible
que la condamnation subsiste, lorsque le fondement de l'accusation est anéanti.

Ajoutons que l'erreur des Juges est constatée par la persévérance de Calas pere, à protester de son innocence, soit à la question, soit pendant tout le tems qu'a duré son supplice, & jusqu'au dernier soupir. C'est ce fait nouvellement acquis, qui a donné lieu au second Arrêt du 18 Mars 1762, par lequel les autres Accusés ont été mis hors de Cour. Par cet Arrêt, les Juges ont authentiquement reconnu leur erreur, puisque dans une cause parfaitement égale, ils ont rendu un Arrêt si différent du premier.

2°. PEUT-ON nier que la procédure ordonnée par Sa Majesté *n'ait point été suivie*, lorsqu'on sçait que, dès l'origine du procès, le sieur David a négligé les précautions qui lui étoient prescrites par l'Ordonnance, pour constater le fait à charge ou à décharge ; qu'il n'a point dressé procès-verbal du lieu ; qu'il n'a point fait la description des meubles, hardes, livres du défunt & des instrumens de sa mort, & qu'il ne les a point fait transporter au Greffe dans les vingt-quatre heures ? Ce sont-là autant de contraventions à l'Ordonnance, & par conséquent de moyens de cassation. Mais quand bien même le Conseil feroit difficulté de les admettre comme moyens de cassation, ce qu'on n'a garde de penser, au-moins ne peut-on nier que ce ne soit le cas de la révision, puisqu'en négligeant les procédures & les formalités prescrites par l'Ordonnance, les Juges se sont mis hors d'état de connoître clairement la vérité du fait : ce qui est le seul objet légitime de tout procès criminel.

3°. LA contrariété d'Arrêts ne peut être plus manifeste. De cinq co-accusés qui se sont défendus par les mêmes moyens , & dont la cause étoit égale , puisqu'ils ne s'étoient pas quittés un inftant, un feul eft condamné, les autres font mis hors de Cour.

Voilà deux décifions bien contradictoires. Car l'Arrêt du 9 Mars 1762 fuppofe néceffairement, & il porte même en termes exprès , que Calas pere eft *atteint & convaincu* du crime d'homicide en la perfonne de fon fils ; c'eft-à-dire qu'il y a contre lui preuve complete de ce crime atroce.

Au contraire , l'Arrêt du 18 du même mois fuppofe fans contredit , au-moins qu'il n'y a point de preuves du prétendu crime. Car la caufe des Accufés étant indivifible , il étoit impoffible que Calas pere fût convaincu d'être coupable , fans que les autres Accufés le fuffent auffi ; & il étoit également impoffible que ces derniers fuffent innocens, fans que Calas pere fût innocent comme eux.

Il y a donc une contrariété manifefte entre les deux Arrêts des 9 & 18 Mars 1762 ; contrariété qui fubfifte, pour fe fervir des propres termes de l'Ordonnance , *entre les mêmes parties , fur les mêmes moyens , & en mêmes Cours & Jurifdictions.*

4°. ENFIN la famille Calas a produit une *piece nouvellement recouvrée,* qui fuffit feule pour démontrer la chimere de la converfion de Marc-Antoine Calas. C'eft la lettre qu'il écrivoit à fon ami Cazeing , à Nifmes , le 18 Janvier 1761 , neuf mois avant fa mort. Cette lettre, dont les termes font rapportés dans le Mémoire imprimé, prouve qu'il regardoit comme *un déferteur* Louis Calas fon frere , pour avoir abandonné la Religion

Proteſtante, & que par conſéquent il blâmoit & déſavouoit formellement ſa converſion.

Bien plus : le Teſtament de mort de Jean Ca-las, le procès-verbal d'exécution, & l'Arrêt du 18 Mars 1762, qui en conſéquence a mis les au-tres Accuſés hors de Cour, ſont des pieces nou-velles en faveur de la mémoire de cet infortuné pere. Car puiſque d'après ces nouvelles pieces, les Juges n'ont pas cru pouvoir faire autrement que de mettre les autres Accuſés hors de Cour, il s'enſuit que Calas pere lui-même auroit été mis également, au-moins hors de Cour, ſi les Juges avoient prévu que les douleurs de la queſtion & du ſupplice, & la vue effrayante de la mort, ne ſeroient pas capables de lui faire changer de lan-gage.

Ainſi, tout concourt pour faire renverſer la condamnation prononcée contre Calas, pere, par l'Arrêt du 9 Mars 1762. C'eſt une juſtice qui eſt dûe à ſa famille ; tous les citoyens l'attendent comme une ſatisfaction qui doit aſſurer leur pro-pre tranquillité, & l'Univers entier, qui a les yeux fixés ſur cette affaire, applaudira avec tranſport à la déciſion qui réhabilitera la mémoire d'un Ci-toyen auſſi injuſtement condamné.

BUREAU DES CASSATIONS.

Monſieur **THIROUX DE CROSNE**, *Maître des Requêtes, Rapporteur.*

Me MARIETTE, Avocat.

De l'Imprimerie de LE BRETON, premier Imprimeur ordinaire du ROI, 1764.

www.ingramcontent.com/pod-product-compliance
Lightning Source LLC
Chambersburg PA
CBHW070303220626
46818CB00018B/2401